둥근 것들의 반란

박소영

시인의 말

당신과

나

밥 먹는 날 있어

좋아라

2022년 1월

박소영

둥근 것들의 반란

차례

1부 부서지며 빛난다

2부 돌들은 등을 대고

3부 산을 허물어

1부
부서지며 빛난다

반달

하늘 접시에

담긴

노란 단무지

반쪽

새가 물어다 놓은

저녁 반찬

호수 경전

하늘을 품은 호수

겁도 없이 건너던 물오리 한 쌍

통째로 이리저리 가볍게 끌고 간다

작은 것과 큰 것을 깬 호숫가

벗은 나무들이 견디는 모습 본다

머지않아 겨울 데리고 가는 발자국마다

어린 촉들이 지구 들어 올리고

다시 봄을 모시고 올 것이다

물의 마을

눈 감아야 만나는 풍경

흰 점 찍으며 날아가는 백로 날갯짓 따라

자맥질해 들어가면 물의 마을

휘어진 풀잎 끝에 매달린 이슬

토란잎에 물방울 둥글둥글

신발들 낮잠 자는 댓돌

고인 빗물에 제 모습 비춰 보다

우렁찬 매미 소리에 놀라는 잠자리

눈 감아야 보이는 세상

물의 뼈

저녁 햇살에 걸린 바다

뼈를 낳고 있다

괭이갈매기 무엇 찾는지

팽팽한 하늘

바다는 너무 넓고 깊어

먼 곳에서 달려와 부딪는 문장

한 번쯤 도돌이표 있다면

부서지는 물의 뼈 읽을 수 있겠다

바닥의 말

꽃, 하고 불러 본다

떨어져 꽃이 되는 꽃

바닥으로 떨어져 생명일 수 있는 비

가장 낮은 곳으로 흘러야 살아나는 물

바닥 알기까지

한 바퀴 돌아 온 것 같다

바닥 향해 떨어지는 꽃도

바닥을 아는가 보다

바닥으로 떨어져 빛나는 꽃

둥근 것들의 반란

아름다움에 대해 물으니

밝음 속에 들어 있는

어둠을 알아야 한다 했다

눈물은 둥글다

밥공기도 둥글고

구두코도 둥글다

복숭아뼈도 둥글다

씨앗도 둥글다

지구도 둥글다

태양도 달도 둥글다

바퀴도 둥글다

시간도 둥글다

아름다움에 대해 물으니

눈물 속에 들어 있는

어둠을 알아야 한다 했다

모래 화석

밀리고 쓸려서

옹기종기 모여 있다

조개껍질도 나비 될 거라고

껍질 무늬 들여다보며

모래는 발가락 사이 파고드는데

박힌 시간을 주우려

바다는 자꾸만 뒤를 바라본다

파도가 조개껍질처럼

부서지며 빛난다

주름의 집

자맥질은 물속에서만 하는 것 아니다
지나온 시간 속으로 들어가기 전
오래된 것들은 다 어둠인 줄 알았다

시간의 주름 속에 갇힌 것들
거꾸로 쥐고 흔들자
연잎에 고인 빗물 쏟아지듯
저마다 단장하고 굴러 나온다

두서없이 새어 나오는
신발 한 짝
장다리꽃과 흰나비
양철지붕 내리는 빗소리 환하다

어우러져야 완성되는
부족한 주름의 풍경
입 다물어지지 않는 장엄이다

달빛 사냥

열대야에 엎치락뒤치락하다

실오라기 하나 걸치지 않은 것은

달빛의 일

달아 달아 밝은 달아

세상 끝나는 날

놓치지 않는 문신

몸속 새겨진 달의 염치

내가 훔친 달빛 물어 봐야지

꽃 속의 꽃

도라지꽃 보다
잎맥에 펼쳐진
고운
실핏줄 따라 안으로 들어가니
흰빛의 꽃
피어 있다
눈 들어 보니
태양이
강물 속 고기들이
밥그릇 안에 든 밥이
신발 안에 든 발
젖을 문 아기가
꽃 속에 든 우주다

꽃의 시간

거울 속 벗은 몸 보며

인생이라는 말 생각났다

해지고 바랜 옷처럼

살아온 자취 걸어 나온다

꽃 피우는 일처럼

중요하지 않은 날 없었고

오늘이 마지막 날이듯 살아온 삶이

거울 속 가득하다

꽃 피우기 위해

위로, 위로만 오르다

해지고 바랜

대궁 끝에 피는 마지막 꽃

벽화

바다를 걷는 저녁 햇살

먼 데 바라보는 괭이갈매기

눈길 따라가 보니

물감 엎질러진 하늘

빗자루 물고 가는 새

지나가는 자리마다 나타나는 그림

엄지 검지 침 바르며 넘기는 오늘

애기똥 풀

얼마나 많은 똥과 입맞춤해야
저 옷 입을 수 있을까

풀잎 뒤적이는 바람이라든가
물고기라든가
똥 먹고 똥에 알을 낳는 인연

세상의 모든 똥은 문장이었으니
읽으면 읽을수록 빛나는
마침표였으니

똥과의 입맞춤 후에
태어나는
봄, 여름 들판의 꽃잎들

2부

돌들은 등을 대고

월식

호두나무 아래 개울물 푸르다

앞산 성큼 내려와

풀어놓는 놀라움

저녁 되어서야 피우는

호두알

개울물 푸르게 익어 간다

조그맣고 사랑스러운 것

바람을 만지는 것은 행운이지

감나무 가지에서 후박나무로

갸웃거리는 어치

조그맣고 사랑스러운

생명 만나듯

마주하는 일들

어둑한 능선 위로 단숨에 떠오르는

보름달

고단함 내려지기도 하지

유리창 밖 풍경 바라보는 저물녘

감꽃

감꽃 시간 줍는다
어머니 뵙고 오는 길

그만그만한 대문 앞
조촐한 화분 몇 개
끼니 걱정 면한 살림이다

오늘 지탱하는
무수한 어제가 서성인다

바람 분다
궁둥이 맞댄 감자처럼 사는 곳에도
평등한 바람 있었구나

구두에게

광야의 문 열겠다

순간처럼 만나는 풍경 품고
공짜로 받는
하루 허락되는 날

하늘 올려 보고
종일 걸은 구두에게
고맙다는 인사 잊지 말아야지

다시 하루의 일이 시작된다

멀미

물그림자 어른거리는 날

찔레꽃 피고 또 핀다

와글와글 개굴개굴

논둑에서 뒹구는 소리

무더기로 물들어 가는 산

하늘도 보기 좋았던지

햇살 그물 타고 내려와

무논에 드러누워 첨벙대며 해찰한다

찔레꽃 무더기

논둑 위로 꽃잎이 날린다

봄의 얼굴

편지 읽었나 보다

바쁘게 손 펴는 새싹들

얼굴 내밀고 자랑하는데

시샘하는 바람 밉지 않다

저 어린 생명들

푸른빛으로 하나가 된다

꽃 이름 부르듯 불러 주면

각진 얼음의 기억도

마음속 웅크린 서운함도

억울함으로 물든 진한 얼룩도 지울 수 있겠다

당신의 등

미루나무 끝에
세 삼태기 구름이 걸려 있다

내가 어제 만났던 이를 생각해 본다
해바라기 판은 검고 단단한 어제가 촘촘하다

매미와 무당벌레는 지금을 움직인다
구름 흘러가는 바람은 어디로 부는가

저 새는 구름 묻은 날개로 어디로 가는가
만질 수 없는 너의 안부 묻는다

당신의 등이 환하다

꽃은

바닥에 떨어져도 꽃이다

떨어져서도 웃는다

죽어서도 웃는다

누가 저 웃음을

미워할 수 있으랴

바람다리

물 잠긴 고향에 갔네
오래전 떠나온 그곳 친구와 갔네
허리까지 담근 산기슭
잎 떨군 나무 무리 보았네
올곧은 그 나무처럼 키 큰 아버지
자작나무 심으면 돈이 될 거라고
바람다리 놓지 않고 떠돌며
그 나무 심고 또 심었네
아무 말 하지 않았네
매미 소리 창창한 날 다시 오기로 했네

홀씨

문이 없는 동그라미

물음들 살아간다

문 없는 문으로

드나드는 바람, 비, 햇빛

새소리에 귀 기울이는 동그라미

나뭇가지 새순 움트면

손에 안기는

동그라미가 펼쳐 놓은 뜨락

옹이꽃

소나무 수피에 핀 꽃
찍힌 상처에서 흘린 흰 피가 만든 옹이
못 보던 눈을 뜨게 한다
시퍼렇게 살아 있는 솔잎으로
어쩌지 못한 아픔이 만든 꽃
붉게 피어 있다
잊지 말자고 되새김하는 말은 독백이 아니다
당신이 있어야 내가 있는 거라는
타자는 당신만이 아닌 나도 된다는 것을
아니, 우리 모두라는 걸
알게 한 당신

2018.07.01
일제강점기가 낸 상처를 안고 살아온
김복득 할머니
101세를 일기로
지지 않는 꽃으로 다시 피었다

돌들은 등을 대고

엎드려 줄 선 채
서로 얼굴 들여다보듯 늘어섰네

하늘 사다리 타고 오르내리는
그늘도 멈추어 노네

물 위를 걷는 햇살
흐르는 돌들 머뭇거리네

쉼 없이 오고 가는 길
오늘은 늘 징검다리 돌

어두워져야 만나는 별과의 길
돌들은 등을 대고 길을 내어 주네

하루

피하려 달아나지만

도움닫기만 하는 맨발

검고 어두운 중심에서

눈 감고 올려다보는 하늘

심연 닿기 전

고양이 발톱에서 흐르는 피

나는 용서받은 자처럼 가벼워진다

단풍잎 타고 날아 보려 하지만

뿌리치지 못해 주춤거리다

발목 잡는 찬바람 속으로

또 하루를 걸어 들어간다

어둠 속에서 만나는 것들

아름다움이 무엇이냐 물으니

쇠똥구리

무당벌레

아기 뒤꿈치

채송화 씨앗

연잎에 구르는 눈물

그것을 덜어 주는 저녁 노을

3부

산을 허물어

징검다리

햇살도 바람도

건너야만 하는 길

돌배기 아이가 건너듯

조심조심 걷는 길

한때

피었다 지는 것이

당연했던 날

꽃으로 지난 자리마다

왔다 가버린

꽃 진 자리

아버지

다 버리고
미루나무 같은
아버지 만나러 가는 길
엄지발가락에서 시작한 통증이
온몸 돌아 솜털까지
열 오르는데
잡히지 않는 아버지
덤불숲 헤매다
마침표 찍던 날처럼
닫히지 않는 아버지

안부

바람 불어 어지러워

눈 뜰 수 없어도

피어나는 꽃들

눈 감으니

모두가 너다

눈 감으니

웃고 있는 너다

울고 있는 너다

꽃길

비켜 줘야 가는 길
정림동 마루에서 오른쪽 접어들면
울음 앞세우고 가는 길 있다

영정 하나 없이 가는 사람
어떤 교도관이었을까

밥숟가락 놓는다는 건 슬픈 일
고맙다는 인사 눈으로 하던 모습
앞서가는데

빛나는 물결 같기도 하고
한 몸으로 흐르던 물길 같기도 하고

풍경

쪽잠 자던 매미 울음

그대로 있을까

일렁이는 물그림자 속으로

떼 지어 다니던 피라미

아직 그대로 있을까

빗금 그으며 떨어지던 별똥별

칡꽃 핀 둔덕에

반딧불이 날아다니고

두고 온 것들

눈만 감아도 보이는 풍경

봄날

목이 한 자나 길어진 봄날
길마가지나무꽃 산괴불주머니
복수초 생강나무꽃
좋아라
기억 더듬어 만나는 꽃들
노란 관 머리에 쓰고
먹이 찾아 바쁘다
갓 씻고 나온 듯한
고개 젖혀 하늘 보는데
오색딱따구리 울음 길다
건성건성 살다 놓친
생명을 만나는 길

달의 기도

동쪽 하늘에서만 본 사람은
서쪽 하늘 새벽 보름달 모른다
마음에 상처 지우는 것이
병 앓는 것과 같다는 것 모르듯

그러나 우리 숲으로 가면
꽁지 들썩이며 새소리 내듯
화관 쓴 신부가 되어
도둑처럼 찾아오는 밤 맞이할 수 있다

둥실 보름달 내리는 이불 휘감고
바람도 깃 다듬어 숨죽이는
해독할 수 없는 세상으로 들어가
새벽달 보며 하루 여는 것이다

보통의 순간

희끗희끗 눈으로 풍경 찍으며
서쪽으로 가는 길

어릴 적 집으로 돌아가던
산 아래
마을에서 혼자 있을
누군가의 모습 떠올리게 하는 길

잊고 지낸 그를 생각하는 길
마지막 날로 삼고 싶을 만큼 평안한 길
더 살아야 할 것을 알게 하는 길

아버지의 여자 살았다는 은산면 지나며
이 길 평안해서 찾아왔을까
저녁 골목길,
살얼음 밟으며 서쪽으로 가고 있다

웃는 산

나무 뒤에서 일보다
무심히 올려다본 하늘
덜컥 마주친 낮달

괴춤 올리며 허둥대는데
포로롱 날아온 동박새
산초씨 같은 눈
마주 볼 수 없어 고개 숙이는데
잔설 속 복수초 노랗게 웃는다

온몸이 눈인
등 뒤의 나무 바라보며
피식 웃는 산

부끄러운 날

가던 구름 묶인 듯

서 있다

캄캄하다

끝없이 무거운 하늘

바닥에 발 디디고

걸어가지만 길이 없다

연기처럼 스며드는 너와

함께했어야 하는 시간

두리번거리는

사거리

너 없는 오늘

붉은 신호등이다

변명

신발 벗고
몸 누이니 죽지 시원하다

더 멀리 날아가려 퍼덕이던 날개
죽은 듯이 누워 있다

일어나라 흔들어도 꿈쩍도 않는다
내일은 처방 빌려줘야겠다

밥보다 약을 더 먹어야 하는
약봉지 같은 세상

오늘은 발바닥 까맣다
발버둥 치다 신발 벗겨졌다

4부
나무와 사람과 나비와

해바라기 사람들

도열한 해바라기
촘촘히 박힌 씨앗들

검게 물드는 것은
제 속에 어둠 들이는 일

다른 세상으로 들어가
다시 시작하는 일

나무와 사람과 나비와

제 안에 동그라미 키우는 나무

밤에도 활자를 기록하지

글자들이 일하면

그 사이로 나비 날아오네

숨 고르기 하며 꿈 키워

얼굴 마주하며 살아가지

나무 동그라미 키워

인사

오늘 실어 나르는 무릎에

혼자 흔들리며 간다

흰 점 찍는 망초꽃도 간다

네 얼굴 그리며 간다

미안해서 전하지 못한

고맙다는 인사 건네지 못한

얼굴 그리며 간다

다시 사월

나무들 사이 날아다니는
새 떼 바쁘다

누구의 명령 따랐을까
진달래꽃으로 타오르는 산
푸른 제복으로 갈아입기 바쁘다

종과 횡이 앞다투는 엇갈림에도
세상 끝이라 할 때
또 하나의 생명 탄생한다

멧비둘기 한 쌍
다시 사월이라고 운다

고장 난 오월

오월 싣고 가는 버스에서

벗겨진 신발들 뒹굴고

새들도 입 막고

짓밟힌 꽃물 흥건한

그날을 써 내려가는 잉크

멈춘 시간에 태엽 감아 주고

다시 만난 오월

밥 익어 가는 냄새 맡으며

달그락거리는 그릇 부딪는 소리

광주 아침

그저 모르면서 아는 척하며 살았다

잔인한 죽음 부른 그날이

화석으로 박혀 있다

무엇이 그날 짓밟았는지

숨 쉬기 힘든 날들이

오늘 이르게 된 것은

그런 날 없기를 바라기 때문이다

우리는 서로 알고자 먼 길 왔다

더 환한 아침 맞이하려는

그날이다

백비 白碑

피 흘려야 말할 수 있는
바다의 입
하얗게 깨어져야만
바다는 말을 해요

피로 물든 섬
눈에 다 담을 수 없고
눈 뜨고는 더 볼 수 없는 날들
백비로 살아 있어요

묵언의 상주喪主 되어
귀를 막아도 들리는
그날의 울부짖음
바다가 전해 주네요

다리

앞으로만 가는 걸음발
도랑물 건너는 사이
한나절 가고
무섬다리 건너는 동안
감자알 영근다
건너가는 찰나에도
태어나는 생명들
산들에서 피고 또 피고
개망초꽃 속에 든 얼굴
유월 언덕에 만발하였다

개구리

함성이다

평화를 구하는

광주다

미얀마의

외침이다

개굴개굴,

세상을 깨우는

울음이다

산내

산들을 덮은 반란
그 품에서 마구 피는
흰 꽃들 일어나네요
무리 이루며
골령골에도 일어나네요
구겨진 채 쌓여
산내 가는 길
고봉으로 밥 차린
불두화 밥상 위로
구름 휘날리는
씻김굿
나부끼는 나뭇잎들
푸르른 세상

골령골의 언어

말할 수 없었던 언어
주검으로
함께 묻혀 있다

역사는
언어를 입고 문장으로

주검의 언어를 읽으며
깨어나는 몸

세상에서 가장 긴 무덤 속
주검은 죽음이 아니었다는 것을
오늘 본다

몸과 혼이 함께하듯
주검으로 묻힌 말
깨워야 한다

사실은 등 뒤에 있는 것
묻힌 말 깨우니
이제 말하리라

신성한 밥

겨울 산길, 박새들 분주하다

햇살 든 나뭇가지

눈발 날리는 빈 밭

밥 벌기 위해

이고 지고 살았던

저 새들 퍼덕이는 노동으로 얻은

신성한 밥 빼앗는 것은

생명 빼앗는 것

평화시장 16시간

착취당한 밥 찾기 위해

불사르는

새들의 날갯짓

오늘도 진행형이다

국수

국수를 삶는다

견딜 수 없는 날들이

지워지지 않듯

국수 삶는 일도 하염없다

삶아지지 않는 내가

국수발 같은 빗발 속에서

국수 먹는 청년들을 본다

용담호에서

강물을 바라보면

닫힌 문 열고 나오는

뜨거운 이름들

물고기 생명력에 기대어

생의 기적을 빈다

불어오는 바람에 흔들리다

제자리에 서는

갈대숲 문장을 읽으며

물고기 안부를 챙긴다

새들의 저녁

직박구리 떼창 울려 퍼지는 시간

어스름 빛 젖어들면

헛발질하며 바빠지는

저녁이 저녁을 먹인다

저녁이 잠자리에 드는 것은

고단한 세상 잠재우기 위해서다

사라져 가는 아픈 것들에 대해

그래도 살 만한 세상이었다고

위안을 주려 품어 주는 것이다

시대와 시절 건너오는 동안

품는 것과 품에 드는 것들로

오늘이 살아 있는 것이다

저녁의 품에서 잠을 청하는

직박구리 떼 조용하다

해설

근원적 사유와 타자 지향의 언어

유성호(문학평론가)

1. 낮고 잔잔한 언어에 담긴 자기동일성

박소영의 신작 시집 『둥근 것들의 반란』은 사물과 삶을 향한 따뜻하고 깊은 감각과 사유가 펼쳐낸 오랜 관찰과 표현의 도록圖錄이다. 가령 시인은 언어예술로서의 '시詩'를 향한 애착을 충실하게 이으면서도 한층 충일한 기억 속에 이러한 감각과 사유를 풍요롭게 담아내고 있다. 그런 점에서 이번 시집은 박소영 시학의 새로운 정점을 보여 주는 사례들을 풍요롭게 품고 있다 할 것이다. 아닌 게 아니라 시인은 사물들이 그려내는 섬세한 파동을 자신의 선연한 기억과 겹쳐 받아들이는 일관된 작법을 취하면서, 자신의 존재론적 기원起源을 적극적으로 발견하고 성찰해 간다. 이러한 발견과 성찰 과정은 한결같이 어떤 격정이나 충동마저 낮고 잔잔한 언어로 갈무리하는 데 크게 기여하고 있다. 그렇게 이번 시집은 섬세한 기억의 원리에 의해 단단하게 결속되어 있고 그것을 통해 자기동일성을 환기하려는 내면의 운동을 함축하고 있다 할 것이다. 박소영 특유의 고유하고도 선명한 음역音域을

보여 주는 이번 시집의 성취 안으로 한 걸음씩 들어가 보
도록 하자.

2. 속 깊은 경전, 눈 감아야 보이는 풍경

시인의 시선이 가장 먼저 가닿는 대상은 넓고 아름다
운 자연의 품이다. 내면의 절절한 기억과 사물 자체의 본
성이 결합하면서 그 품은 더욱 선명한 감각으로 확장되
어 간다. 가령 그것은 삶의 심층에 대한 지극한 관조가
확연한 시적 원심과 구심을 이루면서 일대 장관을 완성
하고 있다. 그렇게 그는 자신의 시 쓰기를 통해 감각으로
의 일탈과 승화를 동시에 꿈꾸면서 지상의 존재자들을
향한 지극한 사랑의 마음을 노래한다. 서정시가 사유할
수 있는 가장 따뜻한 정서와 사유를 구체적 율동으로 장
악하고 표현해내는 것이다. 그리고 시인은 선명한 물질
적 상상력을 개입시킴으로써 오랜 시간 자신의 몸속에
축적해 왔던 감각과 사유의 극점을 통해 나아간다. 다음
시편에 나타나는 감각의 구체를 한번 들여다보자.

하늘을 품은 호수

겁도 없이 건너던 물오리 한 쌍

통째로 이리저리 가볍게 끌고 간다

작은 것과 큰 것을 깬 호숫가

벗은 나무들이 견디는 모습 본다

머지않아 겨울 데리고 가는 발자국마다

어린 촉들이 지구 들어 올리고

다시 봄을 모시고 올 것이다

                             —「호수 경전」 전문

    이전 시집 『사과의 아침』(천년의시작, 2015)에서 시인
은 특별히 자신을 오래도록 규정해 왔던 근원적 기억을
통해 새로운 감각과 사유를 탐색한 바 있다. 이 작품에서
시인은 '하늘'과 '호수'의 공명 과정을 통해 '호수 경전'이
라는 감각적 상징체를 만들어냄으로써 이러한 감각과
사유를 더욱 확장해 간다. 하늘을 품은 호수가 "작은 것
과 큰 것"이라는 통념을 깨고 삶의 이치를 광폭으로 이해
하게끔 해 주었기 때문이다. 시간이 흘러가는 발자국마
다 새겨진 흔적에서 시인은 세상의 이치를 읽고 있는데,

이때 시인이 세상을 읽는 곳은 격한 탁류가 아니라 잔잔하고 투명한 호수다. 그곳에서 시인은 흩어져 있는 사물들을 관조하면서 그들에게 생각과 마음과 이름을 주고 그들과 소통하며 그들이 자신의 삶과 맺고 있는 유추적 연관을 탐색해 간다. 그런데 시인이 바라보는 사물들 사이의 연관성은 합리적 인과율에 빚진 것이 아니라 시인의 눈을 통해 새롭게 구축된 어떤 것이다. 시인의 생각에 사물들 사이의 관련성이 명료한 인과 관계로 설명되고 만다면 그것은 삶의 깊이를 전혀 모르는 사람이 될 수밖에 없을 것이기 때문이다. 그러한 연관성이 '호수 경전'이라는 속 깊은 비유로 나타나게 된 것이다. 그 경전 안으로 "시간의 주름 속에 갇힌 것들"(「주름의 집」)도 몰려오고 "새가 물어다 놓은//저녁 반찬"(「반달」)도 충만하게 스스로의 위치를 찾아갈 것이다. 다음은 어떠한가.

눈 감아야 만나는 풍경

흰 점 찍으며 날아가는 백로 날갯짓 따라

자맥질해 들어가면 물의 마을

휘어진 풀잎 끝에 매달린 이슬

토란잎에 물방울 둥글둥글

신발들 낮잠 자는 댓돌

고인 빗물에 제 모습 비춰 보다

우렁찬 매미 소리에 놀라는 잠자리

눈 감아야 보이는 세상

—「물의 마을」전문

    이번에 시인의 시선은 눈을 감아야 비로소 만날 수 있
는 풍경을 향한다. 멀리서 바라보면 꼭 "흰 점 찍으며 날
아가는" 것만 같은 백로의 움직임을 따라 상상적 자맥질
을 하면서 시인은 "물의 마을"을 만난다. 그 마을에는 풀
잎 끝에 매달린 이슬, 둥글게 토란잎을 구르는 물방울, 그
리고 신발들이 낮잠을 청하는 댓돌이 있다. 그 위로 시인
은 고인 빗물에 자기 모습을 비추어 보다가 매미 소리에
놀라는 잠자리를 얹어 가장 아름다운 "눈 감아야 보이
는 세상"을 그리고 있다. 그곳에는 아마도 "대궁 끝에 피
는 마지막 꽃"(「꽃의 시간」) 같은 자연 사물들이 빽빽하
게 들어서 있을 것이다. 이 모든 것이 "눈만 감아도 보이

는 풍경"(「풍경」)이 비쳐 온 미학적 결실인 셈이다.

이처럼 박소영 시의 특징은 사물의 심층으로 내려가 그곳에서 내면의 파동을 조감鳥瞰하고 발견하고 담아내는 데 있다. 사실 지상의 그 어떤 사물도 이성이 서열화하는 합리성의 잣대에서 자유로울 수는 없을 것인데 그럴수록 우리는 심미적 사유와 감각을 철저하게 박탈당할 수밖에 없을 것이다. 그러나 박소영은 존재 자체와 온전히 만나기 위해 사물의 심층으로 내려가 충만한 감각과 사유의 신생 가능성을 넓혀 가는 시인이다. 아닌 게 아니라 이러한 상상력은 결핍과 불모의 시간을 넘어 사물 깊은 곳에서 출렁이는 감각의 물질성을 잡아내고, 나아가 그것을 사물의 존재 형식으로 끌어올리는 데 크게 기여한다. 그리고 궁극적으로 거기로 깃들이려는 귀환 운동을 매개하고 충족하고 완성해 감으로써 이토록 산뜻하고 아름다운 '경전/풍경'의 비유체를 생성해낸 것이다.

3. 둥긂의 형상으로 드러나는 존재의 비의秘義

박소영의 언어와 사유를 이해하는 과정 가운데 가장 실감 나는 방법은 시인 특유의 이미지 동선을 따라가면서 그가 그려내는 파동을 낱낱이 경험하는 데 있을 것이다. 그러한 상상적 경험 속에서 우리는 한 지상의 존재자가 필연적으로 거느리는 쓸쓸함과 아름다움 그리고 숨겨진 격정과 상처를 동시에 발견할 수 있기 때문이다. 결국 삶이란 불가피한 생의 격정과 상처 속에 존재의 집을 짓는 것이라는 생각, 그리고 깊은 존재론적 성찰을 통해 가닿는 근원적 질서만이 삶을 구원하는 유일한 방책이라는 생각을 그는 충실하고도 지속적으로 노래해 간다. 그 궁극의 형상이 '둥긂'으로 천천히 번져 가고 있다.

아름다움에 대해 물으니

밝음 속에 들어 있는

어둠을 알아야 한다 했다

눈물은 둥글다

밥공기도 둥글고

구두코도 둥글다

복숭아뼈도 둥글다

씨앗도 둥글다

지구도 둥글다

태양도 달도 둥글다

바퀴도 둥글다

시간도 둥글다

아름다움에 대해 물으니

눈물 속에 들어 있는

어둠을 알아야 한다 했다
—「둥근 것들의 반란」 전문

　이번 시집의 표제작이기도 한 이 작품은 '아름다움'
이란 "밝음 속에 들어 있는//어둠"과 "눈물 속에 들어 있
는//어둠"을 알아야 가능하다고 노래한다. 밝음과 눈물
은 어쩌면 대척점에 있는 것인지도 모르지만 '어둠'을 안

고 있다는 점을 공통적으로 지니고 있다. 그렇게 삶의 아름다움은 "제 속에 어둠 들이는 일"(「해바라기 사람들」)처럼, 어둠이라는 이물감을 잉태하면서 존재한다. 그 둥긂의 식솔로 시인은 '눈물/밥공기/구두코/복숭아뼈/씨앗/지구/태양/달/바퀴'를 나열하고 궁극에는 '시간도 둥글다'는 것을 노래한다. 그야말로 둥근 것들의 반란叛亂이다. 이러한 둥긂의 연쇄 속에서 우리는 "각진 얼음의 기억"(「봄의 얼굴」)을 지우면서 존재하는 "새소리에 귀 기울이는 동그라미"(「홑씨」)며 "조그맣고 사랑스러운//생명 만나듯//마주하는 일들"(「조그맣고 사랑스러운 것」)을 경험하게 된다. 아스라한 곡선의 미학이 박소영의 시편들을 어루만지는 순간이 아닐 수 없을 것이다.

제 안에 동그라미 키우는 나무

밤에도 활자를 기록하지

글자들이 일하면

그 사이로 나비 날아오네

숨 고르기 하며 꿈 키워

얼굴 마주하며 살아가지

나무 동그라미 키워

— 「나무와 사람과 나비와」 전문

　이번에 시인은 나무, 사람, 나비를 호출하면서 그러한 곡선의 미학을 다양화한다. 시인의 시선이 다가간 둥근 형상은 "제 안에 동그라미 키우는 나무"다. 나무는 밤에도 활자를 기록하면서 그 글자들이 일할 때 나비들도 날아오게끔 한다. 그렇게 나무와 사람과 나비는 서로의 얼굴을 마주하면서 숨 고르기 하며 꿈을 키워 간다. 동그라미를 키워 간 나무가 생성해낸 곡선의 질서인 셈이다. 그 안으로는 "읽으면 읽을수록 빛나는/마침표"(「애기똥풀」)도 서 있고 "지나가는 자리마다 나타나는 그림"(「벽화」)과 궁극적으로는 "먼 곳에서 달려와 부딪는 문장"(「물의 뼈」)도 충일하게 채워지고 있다.

　이처럼 박소영 시인은 이번 시집을 통해 삶에서 만난 상처의 순간을 둥긂의 형상 속에서 부드럽게 수납하면서 치유와 화해의 손길을 내민다. 깊은 존재론적 성찰을 통해 근원적 질서에 가닿으려는 적공積功을 멈추지 않는다. 상처와 치유, 격정과 몰입의 예술이야말로 그를 위무하고 구원하면서 그로 하여금 존재의 비의秘義를 드러내

게끔 해 주는 것이다. 단연 우리 시단의 매너리즘에 던지는 박소영 시인만의 돌올한 언어요 실존적 도약의 순간이라 할 것이다. 그렇게 박소영 시의 권역은 우리의 둥근 존재 방식과 함께 그 방식을 통해 연쇄적으로 태어나는 독자적인 기억의 원리를 증언하는 데서 두터워진다. 그는 자신의 지난날을 선연하게 재구再構하면서, 시적 대상에 대한 형언할 수 없는 회귀적 열망을 보여 주면서, 이러한 회귀 과정을 흔치 않은 진정성으로 탐구해 간다.

4. 서정의 깊이를 통해 가닿는 삶의 형식

다음으로 우리는 서정시가 결국은 시인 자신에게 삶을 비추는 거울 역할을 한다는 점을 확인하게 된다. 박소영 시의 후경後景은 그러한 스스로를 향한 고백과 다짐을 확연하게 감싸고 있다. 물론 이때 거울에 비추어지는 삶이란, 실제적이고 현실적인 물리적 조건만이 아니라 시인의 사유와 감각이 빚어내는 심미적 삶까지 강하게 함축한다. 그래서 서정시는 그에게 단독자로서의 고독과 타자를 향한 열린 마음을 동시에 선사하면서 찰나와 영원, 결단과 서성임, 안식과 방황을 동시에 던져 주는 삶의 형식으로 다가오는 것이다. 이 모든 과정을 통해 시인은 자신의 서정시를 향한 사유를 온몸으로 수행해 간다.

그 수행 과정이 상징적으로 드러난 형상이 바로 '바닥'과 '등'일 것이다.

꽃,하고 불러 본다

떨어져 꽃이 되는 꽃

바닥으로 떨어져 생명일 수 있는 비

가장 낮은 곳으로 흘러야 살아나는 물

바닥 알기까지

한 바퀴 돌아 온 것 같다

바닥 향해 떨어지는 꽃도

바닥을 아는가 보다

바닥으로 떨어져 빛나는 꽃

—「바닥의 말」전문

시인의 시선은 가장 낮은 바닥을 향한다. 이때 바닥이란 가장 낮은 비천한 차원이라는 뜻보다는 가장 낮아 존재의 심층까지 내려간 어떤 바탕 같은 뜻을 품고 있다. 시인은 "떨어져 꽃이 되는 꽃" 혹은 "바닥으로 떨어져 빛나는 꽃"을 불러 보는데, 그래서 이 작품은 "바닥에 떨어져도 꽃"(「꽃은」)이라는 그의 사유가 다시금 나타난 시편인 셈이다. 그리고 그 꽃은 "바닥으로 떨어져 생명일 수 있는 비"와 고스란히 등가가 된다. 가장 낮은 곳으로 흘러야 비로소 살아나는 물은 바닥을 알기까지 세상을 돌고 올 수밖에 없었을 것이기 때문이다. 그러니 바닥을 향해 떨어지는 꽃도 바로 바닥을 알아 간 과정을 밟은 것이다. 이렇게 '바닥의 말'은 존재의 가장 깊은 기원과 궁극을 동시에 포괄하고 있고, 이때 '바닥'은 결국 "햇살도 바람도//건너야만 하는 길"(「징검다리」)이기도 하고 "더 살아야 할 것을 알게 하는 길"(「보통의 순간」)이기도 할 것이다.

미루나무 끝에
세 삼태기 구름이 걸려 있다

내가 어제 만났던 이를 생각해 본다
해바라기 판은 검고 단단한 어제가 촘촘하다

매미와 무당벌레는 지금을 움직인다
구름 흘러가는 바람은 어디로 부는가

저 새는 구름 묻은 날개로 어디로 가는가
만질 수 없는 너의 안부 묻는다

당신의 등이 환하다

— 「당신의 등」 전문

　시인은 '바닥'과 유사한 형상으로 '등'을 내세운다. 미루나무 끝에 머무는 구름이나 그 구름을 흘러가게 하는 바람, 그리고 검고 단단한 어제를 품은 해바라기나 지금을 움직이는 매미와 무당벌레 같은 세목들이 "내가 어제 만났던 이"를 생각하게 해 준다. 구름 묻은 날개로 날아가는 새처럼 환하게 다가오면서도 결국은 만질 수 없는 "당신의 등"이야말로 존재론적 '바닥'처럼 우리의 존재를 넓고 아름답게 받아 주는 형상이다. 이는 "돌들은 등을 대고 길을 내어"(「돌들은 등을 대고」) 준다는 표현이나 "세상을 깨우는//울음"(「개구리」) 같은 표현에도 스며 있는 박소영만의 정신적 품격을 증언하는 이미지일 것이다.
　이처럼 시인은 '바닥/등'과의 화응和應을 통해 남다른

서정의 깊이를 굴착해 간다. 몸 안팎의 폐허를 선명하게 경험하게끔 한 우리 시대를 거슬러, 그는 낮고 굽은 '바닥'과 '등'을 사유해 간다. 느리고도 오랜 기억으로 시간의 깊이를 헤아리는 것이다. 이때 우리는 그의 시를 통해 기억의 깊이를 회복하면서 삶과 사물의 본질에 참여하게 되는데, 동시에 인간의 궁극적 관심을 암시하는 혜안을 시인으로부터 요청받게 된다. 박소영 시인은 수묵처럼 번져 가는 언어로써 이러한 궁극적 가치를 하나하나 증언해 가면서, 우리의 경험과 기억 속으로 그것을 서서히 넣어 준다. 그것은 사물들의 심미적 문양들을 담아 온 세계로 나타나기도 하고, 성찰적 사유로 훤칠하게 이월해 가는 그의 목소리를 은유해 주기도 한다. 서정의 깊이를 통해 자신의 삶의 형식을 추구하고 성취한 이번 시집이 우리를 그러한 심미적 경험으로 이끌고 있는 것이다.

5. 공동체의 기억을 품은 비극적 세계 인식

대체로 지난날에 대한 기억을 재현하는 것은 주위에 다양하게 편재한 사물의 속성을 가장 예민하게 형상화할 수 있는 방법론 가운데 하나일 것이다. 하지만 서정시에서 현실과의 유추적 연관보다는 사사로운 개인적 기억으로 탈주하는 경향도 없지는 않다. 이때 사적 기억에

의존하는 경향은 추억을 불러오려는 집념으로 이어지
곤 하는데, 여기서 추억이란 당시 상황과 유사한 맥락이
도래하면 언제든지 재현될 준비를 갖춘 가변적이고 역
동적인 의식의 운동을 말한다. 박소영의 시가 구현하는
'시적인 것'의 함의는 사물과 기억의 유비적 관계를 사사
로이 노래하는 것에 멈추지 않고, 현실의 구체적 양상들
을 내면에 실어 표현하는 경향으로 이어져 간다. 대상 자
체가 품고 있는 공동체적이고 서사적인 계기들을 재현
하는 순간을 시인이 잊지 않기 때문이다. 이러한 계기들
을 안아 들이면서 박소영 시인은 그 안에 비극적 세계 인
식의 결을 풀어놓는다. 다음 시편을 읽어 보자.

　　　　소나무 수피에 핀 꽃
　　　　찍힌 상처에서 흘린 흰 피가 만든 옹이
　　　　못 보던 눈을 뜨게 한다
　　　　시퍼렇게 살아 있는 솔잎으로
　　　　어쩌지 못한 아픔이 만든 꽃
　　　　붉게 피어 있다
　　　　잊지 말자고 되새김하는 말은 독백이 아니다
　　　　당신이 있어야 내가 있는 거라는
　　　　타자는 당신만이 아닌 나도 된다는 것을
　　　　아니, 우리 모두라는 걸

알게 한 당신

2018.07.01
일제강점기가 낸 상처를 안고 살아온
김복득 할머니
101세를 일기로
지지 않는 꽃으로 다시 피었다

　　　　　　　　　　　　　　　—「옹이꽃」 전문

　시간의 온갖 풍상이 서려 있는 '옹이'는 나무에 박힌 가지의 그루터기를 뜻한다. 굳은살을 은유적으로 말하기도 한다. 시인은 그 고난의 흔적인 '옹이'에 '꽃'이라는 심미성을 접붙인다. 가령 "소나무 수피에 핀 꽃"은 "상처에서 흘린 흰 피가 만든 옹이"인 셈이다. 육안이 아닌 심안心眼을 뜨고 "시퍼렇게 살아 있는 솔잎으로/어쩌지 못한 아픔이 만든 꽃"을 바라보는 것이다. 잊지 말자고 되새김질하면서 "당신이 있어야 내가 있는 거라는/타자는 당신만이 아닌 나도 된다는 것"을 알아 가는 것이다. 이어지는 "2018.07.01/일제강점기가 낸 상처를 안고 살아온/김복득 할머니/101세를 일기로"라는 표현은 마치 부음訃音처럼 한 여인의 수난과 영예를 동시에 알려 준다. 그러니 "지지 않는 꽃으로 다시 피었다"는 것은 그러한 역사의 '옹이꽃'에 대한 헌사가 되고도 남음이 있다. 시인은 "묵언의 상주喪主 되어/귀를 막아도 들리는"(「백비白碑」) 역사의 소리를 들으면서 "역사"가 "언어를 입고 문장으로"(「골령골의 언어」) 다가오는 순간을 이렇게 형상화하는 것이다.

> 그저 모르면서 아는 척하며 살았다
>
> 잔인한 죽음 부른 그날이
>
> 화석으로 박혀 있다
>
> 무엇이 그날 짓밟았는지
>
> 숨 쉬기 힘든 날들이
>
> 오늘 이르게 된 것은
>
> 그런 날 없기를 바라기 때문이다
>
> 우리는 서로 알고자 먼 길 왔다

더 환한 아침 맞이하려는

그날이다

—「광주아침」전문

　5월 광주의 아침을 소환한 박소영 시인은 그동안 잘
모르면서도 아는 척하며 살았던 역사의 순간을 떠올린
다. 화석으로 남은 그날을 알기 위해 먼 길을 온 시인은
그 죽음을 넘어 "더 환한 아침 맞이하려는//그날"로 나
아가는 신생의 도정에 스스로를 세운다. 다른 시편에서
"퍼덕이는 노동으로 얻은//신성한 밥 빼앗는 것은//생명
빼앗는 것"(「신성한 밥」)이라는 인식을 선보였던 시인으
로서는 자연스럽게 합류한 아침의 순간이었을 것이다.
　우리가 경험하고 인지하는 시간 형식 가운데 가장 의
지적인 표상은 아마도 '역사'일 것이다. 그동안 우리 현대
사를 규율해 온 시간 형식 중 가장 주목받은 형식이 역사
일 테니까 말이다. 박소영 시인은 개인의 기억과 집단의
기억이 서로 상응하고 길항하는 곳에 자신의 사유를 드
리우면서, 그 날카로운 접점에서 형성된 형상이라야만
역사를 증언할 수 있다고 노래한다. 개인의 정서와 집단
의 경험이 만나는 접점에서 생성되는 이러한 사유는 우
리 삶을 관통하면서 기억의 미시성에 머물러 있는 누군

가를 일깨운다. 그렇게 시인은 개별성과 보편성을 통합적으로 형상화하는 현실 지향의 시정신을 통해 자기 회귀적 나르시시즘을 넘어 공동체의 기억에 가닿는 것이다. 이처럼 박소영 시인은 개인의 기억과 공동체적 기억을 활발하게 탐색하면서 그로부터 비극적 세계 인식과 함께 시의 정치학을 날카롭게 벼리고 있는 것이다.

6. 지상에서 결핍된 가치에 대한 탈환과 회복 의지

우리가 천천히 읽어 온 것처럼, 박소영의 시집 『둥근 것들의 반란』은 근원적 사유와 타자 지향의 언어를 아름답고 활력 있게 보여 주는 미학적 결실이다. 타자를 수평적 주체로 인지하면서 동시에 사물과 내면의 등가적 결속을 개진하는 속성을 지속적으로 견지한다. 그와 동시에 박소영 시인은 자신의 정체성을 탐구하는 데 가장 적절하고도 맞춤한 사유 형식으로서 섬세한 기억의 운동을 잘 보여 준다. 그리고 언어적 존재이자 마음의 존재이기도 한 인간 실존의 조건을 넘어서면서, 스스로 세계의 중심이 되는 확연한 인식론을 열어 가고 있다. 나아가 대립성을 띠는 형질들을 독특한 시적 사유로 통합하면서 지상에서 결핍된 가치에 대한 탈환과 회복 의지를 선명하게 보여 준다. 그래서 그가 추구하는 것은 '지금 여기'에서 이룩해야 할 높은 가치를 향하고 있기도 한 것이다. 이처럼 박소영은 개인의 기억과 공동체적 기억의 접점을 전형적으로 보여 주는 시세계를 펼친다. 이제 우리는 이러한 개성적 세계를 보여 준 이번 시집을 딛고, 시인이 더욱 근원적인 사유와 타자 지향의 언어를 포괄하면서 더 심원한 세계로 나아가기를, 마음 깊이 소망해 보게 되는 것이다.

둥근 것들의 반란

2022년 1월 20일 1판 1쇄 펴냄

지은이	박소영
펴낸이	김성규
편집	김은경 김도현
디자인	김동선
펴낸곳	걷는사람
주소	서울 마포구 월드컵로16길 51 서교자이빌 304호
전화	02 323 2602
팩스	02 323 2603
등록	2016년 11월 18일 제25100-2016-000083호

ISBN 979-11-91262-94-0 04810

ISBN 979-11-89128-01-2 (세트)